Cloé et Alix

Amies et complices

SCOTT HIGGS

Texte français de Marie Frankland

Éditions
SCHOLASTIC

Pour Sherry
— S.H.

Les illustrations ont été dessinées manuellement à l'encre, puis numérisées,
et enfin coloriées et ombrées au moyen de Photoshop.

Le texte a été composé en caractères Maiandra GD.

Catalogage avant publication de Bibliothèque et Archives Canada

Higgs, Scott

[Late for school. Français]

Amies et complices / texte et illustrations de Scott Higgs;
texte français de Marie Frankland.

(Cloé et Alix)

Traduction de : Late for school.

ISBN-13 978-0-545-99906-9

I. Frankland, Marie, 1979- II. Titre. III. Titre: Late for school.
Français. IV. Collection : Higgs, Scott. Cloé et Alix.

PS8615.I38L3814 2007   jC813'.6   C2007-901443-7

ISBN-10 0-545-99906-5

Édition publiée par les Éditions Scholastic, 604, rue King Ouest,
Toronto (Ontario) M5V 1E1 CANADA.

6 5 4 3 2 1   Imprimé au Canada   07 08 09 10 11

Cloé et Alix sont les meilleures amies du monde.

À l'école, elles s'assoient côte à côte.

De tous les élèves de la classe,
Cloé est celle qui arrive le plus
souvent en retard.

Alix est à l'heure tous les jours.

— Alix, M. Duval dit que si j'arrive une seule fois en retard la semaine prochaine, il m'envoie chez la directrice!

— Chez la directrice? Ne t'en fais pas, Cloé. Je vais t'aider à être à l'heure.

Très tôt lundi matin,
Alix téléphone à Cloé.

Cloé déjeune sans se laisser distraire.

Son sac d'école est déjà prêt.

Quand elle arrive à l'école,
les élèves jouent encore dans la cour.
Personne n'est pressé. La cloche
n'a pas sonné. Cloé sera enfin à l'heure!

Mais Alix a l'air inquiet.
— Euh... Cloé...

… Où sont tes chaussures?

Même si la cloche est sur le point
de sonner, Alix doit aider son amie.

Cloé se précipite dans l'école juste
avant que la cloche sonne.
Elle est à l'heure!

Mardi matin, Cloé se lève encore très tôt.

Cette fois, elle s'assure d'avoir tout
ce qu'il faut.

Elle arrive même à l'école avant Alix.

Pour une fois, les filles peuvent jouer
avant d'aller en classe.

— Cloé, la cloche a sonné. Il faut y aller.

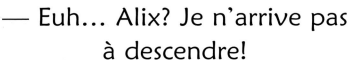

— Euh… Alix? Je n'arrive pas
à descendre!

Alix grimpe pour secourir son amie.

Cloé arrive à l'école juste à temps.

Mercredi matin,
Alix aide encore
son amie.

Jeudi, Cloé arrive
à la dernière minute.

Vendredi matin, Alix ne prend
pas de risques.
Elle s'assure que Cloé n'aura
pas d'ennuis.

Quand la cloche sonne, Alix et
son amie sont devant la porte
de l'école, prêtes à entrer.
— Cloé, je crois que nous
avons réussi.

Tu n'auras pas été en retard
de la semaine!

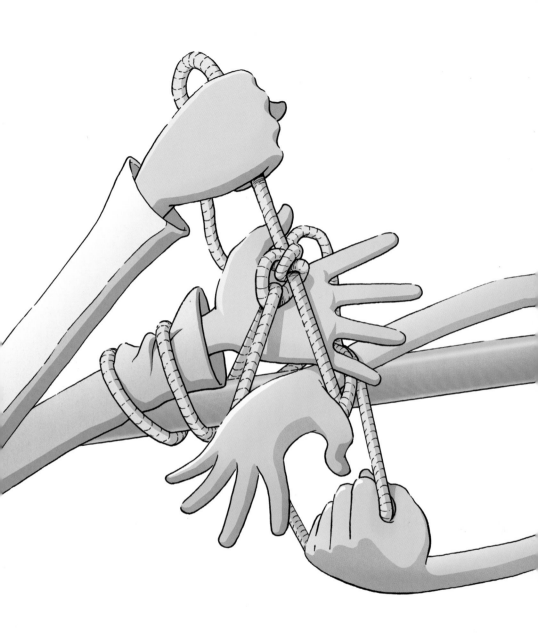

Mais il y a un petit problème.
Les filles n'arrivent pas à dénouer
la corde.

Cette fois, Alix ne peut rien faire
pour empêcher Cloé d'être
en retard.

Cloé sait ce qu'elle doit faire.

Elle est déjà allée chez la directrice
et elle sait qu'elle est très gentille.

Mais elle a tout de même
un peu peur...

... jusqu'à ce que son amie arrive.

— Alix! Qu'est-ce que tu fais ici?
— Oh, Cloé! Même toi, tu as dû
remarquer que j'ai été en retard
toute la semaine.

— Je sais que vous avez tout fait pour êtr‹
à l'heure, mais le règlement est clair.

Vous devrez rester toutes les deux
en retenue après l'école et nettoyer
le terrain de jeux.

Être en retenue ne dérange pas Cloé.

Elle est bien contente d'être
avec Alix.

Alix n'est jamais restée en retenue une seule fois pour faire une corvée, mais cela ne la dérange pas non plus.

Elle a fait tout son possible pour aider Cloé.

C'est ça, être amies!